想呀想呀想不停

思わず考えちゃう

吉竹伸介的灵感笔记

〔日〕吉竹伸介

ヨシタケシンスケ 著

马文赫 译

海峡出版发行集团｜海峡文艺出版社

前 言

你好，初次见面，在下是插画家
和绘本作家吉竹伸介。非常感谢
你购买这本书。

我是左撇子。

首先，让我来说说这本书讲的是
什么吧。

百忙之中，打扰你们啦，
真是不好意思。

平时我主要画些插画、绘本之类的东西。虽然我的工作是画画，但是我也经常被请去在众人面前讲话，就是搞个演讲什么的。

不过，因为我不善言辞，所以经常在预定的结束时间前，就早早讲完了。

这时，我就会拿出事先准备好的"也有这种事吧"主题插画（也就是小漫画），对大家说："接下来，给大家看看我平常随手画的小漫画，讲讲我的想法吧。"

那个……
首先请看这张。

结果，比起演讲的内容，这个环节反而更受大家欢迎。于是我把这部分内容整理了一下，就有了这本书。

最后讲的那个真有趣。

最后讲的那个真是太有意思了。

因为我不擅长写很长的文章，
所以就把平时在观众面前演讲
的内容，以及和编辑聊天的内
容整理成了文字，也就是我的
"谈话记录"。

说到这幅画……

录音中

也就是说，这本书的内容就像
是"我在那样的情况下画了那
样的画，当时发生了那样的事
情，让我产生了那样的想法"
之类的，是关于我随手画下的
小漫画的解说。

从哪一页开始读都可以哟！

你看！

其实，这本书就是想给大家讲讲，我平时一直画个不停，到底是在画什么。生活中，我总是随身带着日程本。

我习惯把本子后半部分用作备忘录，在上面画些有的没的，记录下那些"不经意间想到的事情"。

和儿子玩耍时

等电车时

工作开小差时

就这样，日程本上记录的内容越来越多，我就把这部分单独拿出来保管了。有时候，我一天会画很多张；有时，一天下来我一张都没画。开心的时候，我什么都不画；有压力的时候，我就会画很多张。

回过头来看，这些都是我日常所见所思和各种脑洞的记录，反过来，它们也时常为我带来创作插画和绘本的灵感。

明天就是截稿日了，就用这个点子吧！

谢谢了！以前的我！

不过，忽然想到了超棒的点子，却发现去年已经用过了，这种令人气馁的情况时有发生。

其实，这些小漫画不管是从内容还是绘画品质上来说，都不太拿得出手。

拿这种心血来潮时所画的、粗糙的漫画给别人看，是不是有点失礼啊？

是的。您所言极是。

不过怎么说呢，你看，平时在文具店的试写区，总能看到一些不小心写下自己名字，之后又被匆忙划掉的痕迹。每当看到这些时，我都不由得会心一笑。

我希望大家也能带着这种平和、轻松的心情，一边想着"咦，原来还有这样的人啊"，一边读我的书。

那么，请吧。

目 录

第 1 章　不经意间想到的事

请自由使用 002

偷拍富士山 006

惯用手的指甲不好剪 008

最干净的地方 010

可以吸走烦恼的纸 014

明天做 016

把不在场的人说成坏人 018

一直这样纵容它 020

希望对方能后悔 022

现在可以脱下来了吗 024

不一样的吸管套 026

讲身边人的坏话 029

7 点看起来像只袜子 031

保持谦虚面霜 032

我又来了 034

第2章　因为是父亲而忍不住思考的事

量体温中　　　　　　　　　　　　038

给儿子洗头　　　　　　　　　　　039

明知会遗憾却不能好好珍惜　　　040

裸体安全带　　　　　　　　　　　042

鞋　　　　　　　　　　　　　　　044

耍赖　　　　　　　　　　　　　　046

雪花玻璃球　　　　　　　　　　　048

沾到便便了吗　　　　　　　　　　049

番茄酱　　　　　　　　　　　　　050

世界上值得相信的事物 052

小噗喜欢疼 054

装睡 056

小孩子 057

什么也没有 058

晃得真厉害 059

让质感变得更好 060

喜欢却舍不得用的东西 062

太无关紧要而没说的事和太重要而说不出口的事 065

在下是吉竹伸介 068

第3章　睡前思考的事

什么是工作　　　　　　　　　　　　　　　074

你对我来说越来越不重要了　　　　　　　078

幸福就是干脆地去做该做的事　　　　　　081

孤独感　　　　　　　　　　　　　　　　084

提线木偶　　　　　　　　　　　　　　　088

彩票理论　　　　　　　　　　　　　　　095

选择恐惧症　　　　　　　　　　　　　　098

不乱来　　　　　　　　　　　　　　　　102

发现了越来越多自己不会的事　　　　　　104

所谓男女关系 106

理解那时候的自己 108

如果变成那样的话 109

体谅别人"做不到"的困难 112

9平方米范围内发生的事 116

犯困 118

我只是建议 121

后 记 122

呼——

啊，原来是这样把
牙膏挤出来的啊……

第 1 章

一

不经意间想到的事

请自由使用

　　前段时间，我去松本清①买东西，结完账往旁边走，走到供顾客整理物品的台子前。

　　台子上放着一个小盒子，旁边贴着"请自由使用"的纸条。盒子里还有几张被扔掉的购物小票。这个盒子是怎么回事呢？我忍不住开始思考。

——————————

　　① 日本的连锁药妆店。（本书注释如无特别说明，均为译者注）

盒子原本是干吗用的呢?

我完全想不明白。可能以前是用来放宣传单的吧。

大概是前面的客人把这个盒子当成了垃圾箱,所以里面才会扔着被揉成一团的购物小票吧。

我看着这个盒子,产生了一种强烈的、被测试的感觉,好像有人在瞧着我。

"来,盒子可以自由使用哦,你会怎么做呢?"
"吉竹先生会用这玩意儿做什么有趣的事呢?"总觉得有人怀着这种想法测试我。

虽然纸条上面写着"请自由使用",但这个盒子看起来不过是百元店里卖的那种小收纳盒罢了。

不过,转念一想,我们的人生不也差不多吗?神说:"这个身体你就随便用吧。"然后就把我们扔到了这个世界上。

人生在世,很多事情明明都应该由自己决定,我们却像被随手扔掉的购物小票一样,随波逐流。

这个"自由",到底是什么呢?我站在松本清的结账柜台旁,一动不动地盯着眼前的盒子,思考了很久。

请自由使用?仔细想想,这世间的万事万物,都是可以"自由使用"的。

以上,就是我对自由的一点小思考。

……你自由吗？

噗叽噗叽

↑

用来蘸湿手指的海绵

偷拍富士山

《偷拍富士山》，是我画的这幅小漫画的名字。

之前去某个车站的时候，我看到墙上贴着一张"请小心偷拍"的告示，意在提醒大家，可能会有人用手机等设备偷拍女性的裙底，请大家小心。看到这张告示的时候我忍不住想，偷拍到底是什么？

　　仔细想想，其实风光摄影都是偷拍吧。例如，拍富士山的时候，谁也不会专门征求富士山的同意，也就是说，这是一种偷拍。

　　不过，虽然说不征求对方同意的拍摄行为就是偷拍，但因为富士山不会抱怨，所以大家才不会说拍富士山是偷拍啊，我忽然想明白了。

　　就像这种不经意间的想法，有时会带给我创作插画和绘本的灵感。不过只是偶尔……真的只是偶尔……

惯用手的指甲不好剪

惯用手的指甲不好剪，

因为不能用惯用手来剪。

我最近发现，原来惯用手的指甲很不好剪。

因为我是左撇子，所以左手的指甲比较难剪。大家应该都有这种体会吧，因为惯用手的指甲没办法用惯用手来剪。我只能用右手剪左手的指甲。说起来，我明明可以用左手做无数件事，却无法用它轻松地剪左手的指甲。

因为关系太近而做不到的事，其实有很多。

就拿教育来说，很多事情都是没办法以父母和老师的身份去做的。不过这篇小文并不谈论这么深刻的主题，我只是想到惯用手的指甲更难剪这件事之后，就忍不住思考得更深刻了一点。

最干净的地方

哪儿才是最干净的地方呢?

去餐厅吃饭的时候，总是不免要用到店内的厕所。对我们男士来说，如果只有画中这样的马桶，就必须要把马桶盖和马桶座圈都抬起来再用。女性读者可能会有点儿难以想象。

每次碰到这种情况，我都十分苦恼，不知道到底该抬哪里。

哪儿才是最干净的地方呢？

虽然大家都知道马桶圈脏，但最后也还是会下定决心一鼓作气地把它掀起来。

那么，上完厕所洗完手，开门的时候，手又该碰哪里呢？大家会不会对这个也很在意？

哎！要拿刚洗干净的手碰这个门把手吗？

例如，遇到需要往下按的门把手，如果按最靠外侧的位置，只要稍微用点儿力就能打开门。但我一想到大家的手可能都按最靠外侧的地方，就决定去按门把手的里侧，结果发现这样开门很费劲，门很难打开。

最后无奈之下，我用力握住了门把手，也无所谓脏不脏了。

结果，明明只是从厕所里出去而已，我却要花好长时间。

所以，到底哪儿才是最干净的地方呢？

归根结底，"脏"到底是怎么一回事呢？

我就这样只顾着胡思乱想，待在厕所里出不去了。

这种门把手怎么开？ 这种门把手又怎么开？

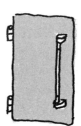

大家都按这里，应该很脏吧？还是说大家都不碰的地方才脏？

可以吸走烦恼的纸

烦恼就像这样

被吸出来了

前段时间我突发奇想，琢磨出一个绝妙的商品。

那就是可以吸走烦恼的纸。

不是有吸油纸嘛，和它的原理是一样的，只要把纸按在额头上，就能把烦恼都吸走。

吸完以后拿下来一看："哇，居然吸出来这么多，脏死了。"

要是真有这种商品，我肯定会买，而且还要把它放在包里随身携带。

大家洗完澡以后，是不是觉得全身舒畅？

我由此想到，其实坏情绪并不是长在身体里的，而是沾在身体表面的。

洗完澡，身体洗干净了，心情也会变好。我想，这是不是因为，洗澡不只可以洗净身上的污垢，也可以把沾在身上的坏情绪一并洗掉呢？

原来如此，担心、不安之类的负面情绪，只是沾在身体表面的东西而已。直到现在，我依然不断地在心里巩固这一信念。

再说回可以吸走烦恼的纸。

要是真有人能把它做出来就好了。

明天做，

明天会特别努力做的。

这张画，我最近特别喜欢。

每次遇到什么事，我就在心中不断默念这句话。

这句话非常好用，大家今天一定要把它记住。

"明天做，明天会特别努力做的。"只要在心里这样默念三遍，就可以安稳入睡。

"不过今天，我就先睡喽。"

想任性一下的时候，这句话真的非常好使。

而且，光说"明天做"是不够的，一定要加上"明天会特别努力做的"，这句话里面蕴含的托付的感觉，才是让今天的自己松口气的关键。

我最近真的非常喜欢这句话。

　　那时，只要把当时不在场的人说成坏人，
就能渡过难关。

有时候，需要把当时不在场的人说成坏人，才能逃过一劫。

　　我想在座的各位都能理解吧，毕竟这也算是社会中的一种工作技巧。

　　归根结底，人生不过就是这么回事儿吧。不想让场面难堪，但又有很多令人讨厌或接受不了的事。

　　这时，把当时不在场的人说成坏人，说他的坏话，等他回来后再跟他说别人的坏话，怎么说呢，为了能平安回家，我觉得这样也还好啦。

一直这样纵容它

一直这样纵容它，

早晚会被它吃掉。

一直这样纵容它[1]，早晚会被它吃掉。

我觉得自己可能会遭遇类似的事，所以画了这幅画。

我非常讨厌别人对我发火，也不喜欢对别人发火。

---

[1]原文"甘やかして甘やかして"，"甘やかす"有纵容、放任、娇纵、溺爱等多重含义。

正因为这样，在一些必须发火的场合，我经常也发不出火来。

"好了好了，就这样吧。"不知道为什么，结局总是会变成这样。

即使在工作中也常常如此，我总是不知不觉就纵容了对方。虽然我觉得很麻烦，但人家一说"好了，就这样吧"，我便任由所有的工作落在我头上了。

俗话说"好心有好报"，对别人好并不仅仅是为了那个人，还为了自己能有好报。

同理，纵容别人，是为了别人也可以纵容自己。但如果一直纵容别人，自己就会很难受。这一点我深有体会。因为我一直纵容着各种人，纵容亲戚、社会、世界，大概总有一天会被他们吃掉吧。我一直抱着这样的觉悟活着。

这个话题就不深入讨论了，就说到这儿吧。

希望对方能后悔

无论如何都希望对方能后悔，

但又指望不上他有这么细腻的心思。

有时候我会这么想。虽然无论如何都希望对方能后悔，但又明白没法指望他能有这种细腻的心思，一想到这儿我就憋屈得想喊出来。

如果别人对自己做了很过分的事，那么我无论如何都想报复回去。这种想法是人之常情。

如果不能报复，至少会希望对方能有"我对他做了很过分的事啊"这种后悔的心情。那么到底怎样才能让对方后悔呢？有段时间，我每天睡前都要花好几个小时琢磨这个问题。

不过，我突然意识到，那家伙大概不会产生这种后悔的想法吧。

后悔是一种复杂的心理活动，那家伙八成没这种能力。所以，让他后悔是不可能的，只能换个目标了。

唉，指望对方能后悔太难了，但真的好希望他能后悔啊！我就这样陷入了死循环。

虽然我也不会因为天天琢磨这种事而辗转反侧睡不着，但的确也有过那么几个夜晚。

现在可以脱下来了吗

　　这幅画我也想不起来是在什么情况下画的了。虽然画上这个人说"现在可以脱下来了吗",但其实我想表达的是,之前到底为什么穿上它呢?

　　这一定是根据当时的情景想到的,但到底是怎么想到画这个,画上的人又是怎么回事,我现在也摸不着头脑了。

　　虽然想不起来当时的思路,但我很喜欢这幅漫画描绘的情景。

根据这句台词可以推断出，这个人其实是不想穿这件衣服的。所以我能想象到，他应该是在地位更高的大人物的要求下，才穿了这件衣服，在穿了一段时间之后，问了这个问题。

　　虽然我已经想不起来画下这些的原因，但当时我应该是看到了什么，一定是有什么契机的。

　　再来看这幅画，画上的人打扮得很滑稽，如果要让他说句什么有趣的话，那就是这句：

　　"现在可以脱下来了吗？"

　　只这一句话，就能让人感觉到画面外至少还有一个人。

　　据说小说家海明威曾在酒馆和朋友打赌，朋友说既然他是写故事的，那就用六个词写个故事吧。海明威很自信地接受了挑战，并漂亮地赢下了赌局。

　　海明威用六个词写的故事是"For sale : baby shoes, never worn"，翻译过来就是"出售：婴儿鞋，未使用"。后来，海明威在晚年时表示，这是他一生最棒的作品。

　　最重要的是，如何在有限的条件下表现出最核心的内容。

　　咦？这么说的话，我也希望可以多创作一些值得读者深入思考的作品。虽然这幅画看上去没什么逻辑，但我就是很喜欢它。

不一样的吸管套

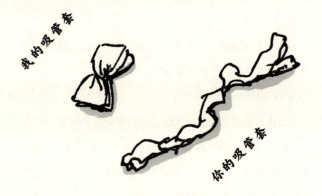

我的吸管套

你的吸管套

　　我的吸管套和妻子的吸管套完全不一样，前段时间我忽然意识到这件事。

　　吸管外面不是有层薄薄的、细长条的包装纸套嘛，我每次一定会把它完整地从吸管上取下来，然后叠成小小的一块。我就是这样的人。

　　不过，好像大多数人都是直接把纸套取下来，然后就那么皱皱巴巴地扔在一边。

倒也不是说这样我会觉得不舒服，只是总是忍不住盯着它看。那团轻飘飘的、看起来随时会被风吹走的纸套让我很是在意。

不过，这个世界上也有完全不在乎这个的人，而且我还和这样的人结婚了，人生就是如此神秘莫测，我不由得为之感动。

前段时间我和一位编辑闲聊，说到那种三盒一组打包售卖的酸奶。吃完第一盒，把其余两盒跟下面的纸壳底座一起放进冰箱就行了。

但吃完第二盒之后，怎么处理这个底座就成了问题。

这位编辑是个做事一丝不苟的人，他说自己吃完第一盒以后，也就是还剩下两盒酸奶的时候，就会扔掉底座。

我完全赞同。

买来的时候是三盒一起的，拿走一盒之后，既然只剩下两盒，就不应该再留着放三盒的底座了。

但我妻子就是那种，即使只剩下一盒酸奶，也满不在乎地留着整个底座的人。哎呀，怎么说呢，世界真的很广阔，在我身边就有这样以前从来没发现的事啊。

那些对我来说陌生的事物，用不着去世界的另一头发现，光是自家冰箱里就已经够多了。

虽然只是一个吸管套，但我由此想到，那些我们以为离自己很遥远的事物，其实身边到处都是呢。

讲身边人的坏话

一边抱怨，

一边快乐地生活。

一边抱怨，一边快乐地生活——我觉得这就是理想的晚年状态。

这样一边随意地抱怨着，一边过着平凡的日子，就是最有意思的事吧。

就算是已经拥有一切的人，要说他最后还要做什么的话，果然还是讲身边人的坏话。

不管已经处于多么满足的状态，人总是还想寻找一些自己没有的东西。想要表达不满的欲望是人内心的一种本能，每个人应该都是如此。

人不可能满足于任何时间、任何事情。我们总会发现不圆满的地方，并为之烦恼。我想这就是一种复杂的人性吧。

所以，那些说自己邻居坏话的人，应该是世界上最幸福的人吧。

因为除此之外，他们对一切都很满足。

能想到的不满之处也就只有关于邻居的坏话而已，这样的人应该已经获得了相当的成功。

虽然他们本人并不一定这么想，但大家仔细想想，其实就是这么回事吧！

7点看起来像只袜子

　　这是我前段时间想到的。

　　早上起床的时候我看了一眼时间，就发现时钟上面好像挂了只袜子。

　　仔细一看，原来是7点。"啊，7点看起来像只袜子呢。"

　　怎么说呢，我觉得想到这种事的自己真可爱啊。

　　不过，要是有人问我："那又怎么样呢？"我也不知道该怎么回答，我只是想说，像这样的小发现，也许很重要呢。

保持谦虚面霜

使劲儿涂满整张脸

　　"保持谦虚面霜"，要是有这种东西的话，我很想买一瓶。

　　我要往脸上多涂一些。

　　化妆品这东西还挺有意思的，女性平时不是都要往脸上涂各种东西嘛。

　　有一位活力四射的女歌手叫辛迪·劳帕（Cyndi Lauper）。

她虽然年纪已经很大了，但还是很有活力。在某杂志专访中，对方问她："您一直都十分活跃地参加活动，不知道您保持年轻的秘诀是什么呢？"她的答案是："使劲儿涂各种面霜。"我觉得她好帅气。

就是这样，没有什么可说的，这个回答真的非常帅气。

如果有那种不仅可以滋润皮肤，还能让人保持内心谦虚的面霜，我也想买来涂一涂。

我又来了

嗨，我是吉竹伸介，我又来了。

我为什么一直画这种小漫画呢？
理由有两个。

"先想到台词"和"先想到漫画的内容"的情况都是有的。

有时开着车忽然来了灵感却没法马上画下来，让我非常焦虑。

1.

第一个理由是，我想把那些"不马上画下来的话转头就会忘记的小事"记录下来。

啊！那位大叔在给人指路，但看他的样子完全没讲明白啊！

虽然只是非常微不足道的事，但我觉得很有意思，于是就画下来了。

在我们每天的生活中，99%都是
"微不足道的事"，都记下来的话
既没有价值也没有意义。

椅子下面的脚该怎么放？

参加面试的人应该把
背挺直到什么程度？

墙上挂着的那个时钟
是从什么时候开始歪的？

3.

这些"微不足道的事"，
会让人产生"这就是这个
人的个性""人性就是如
此"之类的感受。如果把
这些小小的感受积攒起来，
是不是就可以了解到某些
更深刻的事呢？我是这样
希望的。

我心里有一个堆满垃圾的房子！

这个厉害了！

我发现了非常无关紧要的事呢！

坦白地讲，我其实就是"因为小家
子气，所以才不扔东西"的类型。

4.

接下来，第2章主要讲的是我在
育儿过程中留意到的一些事情。

请吧。

第 2 章

–

因为是父亲而忍不住思考的事

量体温中

　　首先是右边这张画，正如你看到的，是孩子量体温时的场景。

　　孩子夹上体温计之后，衣服被体温计顶起来一个包，我看到他这个样子觉得好可爱，于是画了下来。

　　然后，如果孩子脱了衣服就是左边画的样子。

给儿子洗头

只要一给儿子洗头，

他就一定会打哈欠。

以前，我家大儿子每次洗头的时候一定会打哈欠。他好像是因为太放松，所以犯困了。

别的孩子会不会也这样呢？我很想找机会问问其他人，于是就画了这张画。

明知会遗憾却不能好好珍惜

明知错过了这个时刻就会遗憾，

却不能好好珍惜和耐心对待，这是为什么？

因为自己的各种事情而心烦意乱，于是对孩子也变得不耐烦，我知道这样是不对的，但这种情况还是会时常发生。

画面上这个背朝大家坐在书桌前的人就是我，旁边是我儿子，他常常在我工作时溜进我的工作间。

虽然他和我说的事情很有意思，但因为我在工作，正被各种事情搞得焦头烂额，所以只能很敷衍地应付他。事后回想起来，我总会后悔。

这些事他明明只会现在跟我说，明明知道错过了这个时刻会让自己留下遗憾，为什么我却没办法珍惜，没办法耐心地回应他呢？

我明明知道只有此时此刻听他讲这些趣事才有意义，我却抽不出时间。

所以，虽然回想起来，会因为没好好回应他而愧疚，但当时确实也因为他打扰到自己的工作而心烦意乱。

虽然给人的感觉不太好，但这样的情绪也是真实存在的。这些小情绪积攒起来会变成一种负面情绪，不过我想，这种灰暗的部分，才是真正育儿过程中必须经历的吧。

裸体安全带是怎么回事呢？前几天，我们一家开车去郊游，没想到孩子们跑到河里玩，浑身都湿透了，我们也没带换的衣服。要回家的时候，因为孩子们的衣服还没干，妻子就说："不能直接这样上车，你们把衣服都脱掉，光着身子回去。"这幅画描绘的就是当时的场景。

　　开车的时候，我总是忍不住看后座上的孩子们，看到他们光着身子系着安全带的样子，我感觉很新奇。我知道裸体围裙，但裸体安全带还是头一回看到呢。

　　我们就这样回了家。

　　孩子们如果身上湿了就可以裸着，这可真了不起。不过，也正因为是孩子才能这样做啦（当然，也是因为我家的两个孩子都是男孩）。

鞋

　　在路上，我看到一位妈妈正抱着孩子往前走，那个小男孩的鞋挂在脚上晃晃悠悠的，啪嗒一下掉了一只。

　　妈妈似乎没发现鞋子掉了，但小男孩发现了，可是他还不会说话，也不觉得鞋子掉了有什么问题。

　　于是，他就一直愣愣地盯着那只掉在地上的鞋子。他其实不懂到底发生了什么，只是一直盯着那只离自己越来越远的鞋子。

我一直盯着他们，心想："啊，鞋子掉了。"

虽然应该赶紧提醒他们，但我觉得没有必要。等一等再提醒也来得及，我还想多看一会儿这幅美丽的画面。

渐行渐远的母子和一只掉在地上的鞋。

在养育孩子的过程中，难免会有这种掉一只鞋的时候，但我还是第一次目睹这个瞬间。

到底是什么时候丢掉的呢？就是这时候丢掉的！我就在现场目睹了事件发生的瞬间。我很高兴自己看到了这么棒的场面，觉得很感动，就把它画了下来。

对了，说到那只鞋，之后有其他人看到并捡起来还给他们了，请大家放心。

瓣成小块再给我吃嘛！

这也是个很棒的画面呢。小儿子感冒了，戴着口罩，躺着的时候，他把口罩拉下来一点。

"吃橘子吗？"我问。

他说吃，我就剥了皮，把整颗橘子递给他，结果他说："掰成小块再给我吃嘛！"我只好又把橘子掰开，一块一块递给他。

我本来是打算让他自己掰着吃的，但他忽然装出一副难受的样子，真让人没办法。

其实，他的病已经好了哦。但是机会难得，他就趁机再要个赖，让我给他掰成小块。孩子的这种小心思，或者说小心机，我觉得很有趣。

雪花玻璃球

药粉

水

我家小儿子感冒的时候就这样。他拿着医生开的药说"我要吃药了哦"，然后把药粉"唰"地一下倒进嘴里；接着拿起水瓶咕咚咕咚地喝水。他喝完水之后，水瓶里的水就变得像雪花玻璃球里的样子了。

因为他喝进嘴里的水一大半都吐回了瓶子里。看到他这一系列动作，我真是叹为观止。

之前我在喝小孩子喝过的水时，有位妈妈跟我说："我家孩子喝过的水，我就不想喝了。"

当时虽然能理解她的想法，但直到看到小儿子吃药的过程，我才觉得这句话忽然更有画面感了。

平时他喝水的时候竟然会吐回去这么多，原来如此。

沾到便便了吗

喂，沾到便便了吗？

小孩子脱了裤子光着屁股，身子往后翻，把屁股整个儿露出来，问："喂，沾到便便了吗？"真是一幅令人目瞪口呆的画面。

小孩子真是厉害啊，这种坦然和毫无防备的样子，在大人身上是不可能看到的。而且，小孩子的身体也很柔软。

他大言不惭地问"沾到便便了吗"，且毫无罪恶感的样子，我必须得画下来才行。

番茄酱

哎呀，拓马！

你把番茄酱弄得到处都是！

结婚之前，我特别讨厌商场里的美食广场，觉得又吵又乱。但有了孩子之后经常去，于是，我渐渐喜欢上了那里。

因为大家都在叽叽喳喳地说话，都很吵，反而会让全家一起去的人感到很安心。

画这张画的时候，我看到一位看起来很像不良少女的妈妈正在喂孩子吃汉堡什么的，她一边生气地说："哎呀，拓马！你把番茄酱弄得到处都是！"一边给孩子擦嘴。

我偷偷瞟了一眼，发现她的嘴边也沾满了番茄酱。

不愧是母子俩，我不禁感叹。她一边带着满脸的番茄酱训孩子，一边给孩子擦嘴。真好啊，茶色的头发也很适合她，是个很温柔的妈妈。

虽然她说话的语气很凶，但她对孩子的关心和爱护，也从中流露了出来。那天晚上，我回想起这个画面，忽然很想把它记录下来，于是就有了这张画。

世界上值得相信的事物

拉面店里，

拿到糖的孩子脸上露出幸福的笑容。

如果世界上有值得相信的事物，

那一定就是这个笑容吧。

之前我去拉面店吃饭，排在我前面的一家人带着一个孩子。那个孩子之前不知道会给糖，她拿到店家给的糖以后，特别开心地笑着说："太好了！"看起来非常可爱。

我当时想，值得相信的事物，大概就是这样的笑容吧。这个笑容也是一颗糖。

反过来，看到孩子只因为一块糖就能这么开心，我莫名地联想到了大人的贪心。

对大人们来说，怎么也得花个一两万日元才能让人开心吧。

小时候明明两千日元就够了，变成大人之后，连快乐也"通货膨胀"了，获得同等的快乐，却变得需要花更多的钱。

但是，这孩子只是拿到一块糖就能发自内心地笑起来。我想，对大人们来说，这种快乐早已不复存在了吧。

小噗喜欢疼

小噗卡在那儿了哦?

没关系。

小噗可喜欢疼了。

我给小儿子新买了一只乌龟毛绒玩具，他给它取名叫小噗。当然，他很快就玩腻了，把它扔在一边玩别的，于是小噗就被随意地压在了什么东西下面。

当初明明是他一直说想要乌龟毛绒玩具，我才给他买的。想到这里，我问："小噗卡在那儿了哦？"

"没关系。小噗可喜欢疼了。"

大家不觉得很厉害吗？这个对答如流的感觉，还有那个"喜欢疼"的设定。

他瞬间就能根据自己的需要编出个故事来。

孩子的思维如此敏捷，让我这个大人也不禁感叹，真是令人吃惊的力量啊。

装睡

　　我从二楼下来的时候，看到儿子这副样子，还以为他睡着了，就悄悄地坐到了他旁边。过了一会儿，我心想怎么这么安静，仔细一看，原来他睁着一只眼睛朝我这边看呢。哇！居然醒着，吓了我一跳。

　　虽然他已经醒了，但还是装睡，想看看自己睡着的时候会发生什么。说他是好奇好呢，还是说他想偷看什么好呢？

　　啊，我也这样干过呢。因为想起了自己的经历，就把他这副样子画了下来。

　　自己正在偷看，却没有被发现，让人有种心跳加速的刺激感。

　　那种感觉确实让人很开心。

小孩子

小孩子如果被两个人一起牵着手，就会忽然变得不会好好走路了。这是一条定律。

体重交给大人后，孩子马上就变得拖拖拉拉的。就算你一边说“好好走啊”，一边往前拽他，他也根本不会听，全然没有要好好走路的意思。

我小时候也是这样，被父母牵着双手，我就觉得好开心，忍不住就想这样晃晃悠悠地走路。

被单手牵着的时候也可以好好走路，但一旦两只手都被牵起来，就忽然成了某种特殊活动。这张画就是描绘了这样的场景。

什么也没有

这儿什么也没有嘛。

奇也没有啊!

之前我带儿子去了一个公园,那个公园里什么游乐设施也没有,没什么可玩的,很无聊。"这儿什么也没有嘛(なんにもないねえ)。"我说。听到我这么说,儿子也怒气冲冲地说:"奇也没有啊(へんてつもないよ)!"(笑)

他这是在回应我说的那句话吧。不知道从哪儿记住了"平淡无奇(なんのへんてつもない)①"这个词,虽然不懂用法,但他还是想用一下试试。

既然没有"什么",那肯定也没有"奇"。我猜他八成是这么琢磨的。

———————————

① "なんのへんてつもない"是日语里的一个固定短语,直译是"什么奇怪之处都没有",意为"平淡无奇"。"なん"这个词单独使用是"什么"的意思。

晃得真厉害

晃得真厉害啊。

爸爸你是怕摇吗？

前段时间我和儿子一起去坐船，那艘船摇晃得很厉害，我就说了一句："晃得真厉害啊。"结果儿子问我："爸爸你是怕摇（ゆれがり）吗？"

可能因为我平时总跟他说自己怕冷、怕困难和危险什么的吧。[1]

这个年纪的孩子果然很有趣呀。

---

[1] 日语里形容词后加"～がり（や）"，表示具有某种倾向（的人）。怕冷：寒がり；怕热：暑がり。这里作者的儿子是在模仿他平时说话的习惯，但这个用法是错的。

让质感变得更好

弄脏了就洗，再弄脏再洗。

让质感变得更好吧。

"弄脏了就洗，再弄脏再洗。让质感变得更好吧。"这是我作为过来人想对年轻人说的话，像是"弄脏了的话洗洗不就好了嘛"这样宽慰别人的话。

　　我也会顾虑"会不会把衣服弄脏啊"或"弄脏了可怎么办啊"之类的，这时我会想："脏了再洗不就行了嘛。"如果有一位像画上这样和蔼的老奶奶可以对我这么说的话，我会觉得轻松一些吧。

　　在这样反复弄脏和清洗的过程中，衣服会渐渐形成一种很好的质感，那是只有这样反复清洗才能形成的复古质感。同时，我也希望大家可以成为像复古老物件那样有质感的人。

　　弄脏了就洗，再弄脏再洗。让自己的质感变得更好吧。

喜欢却舍不得用的东西

　　因为特别中意，越看越喜欢，不愿意把它弄脏，于是一次也没用过的那些东西。

　　大家是不是也会因为过于在意某样东西，所以无法靠近它，或者无法与它待在一起呢？

　　书也是如此，内容有趣但无关紧要的书反复读了不知多少遍，但对自己有深刻影响的书却没怎么翻过，一直就那么放在书架上。

我在琢磨对书来说到底怎样才更好的时候，忽然想到，其实人也是一样啊，我们都更容易靠近那些对自己来说无关紧要的人，真是不可思议。

被谁喜欢过头、重视过头的话，就会觉得难以靠近那个人，或者说，即使自己是如此受重视，也并不让人感到幸福。

很多东西因为我们特别中意，越看越喜欢，不愿意把它弄脏，于是一次也没用过。这个世界上有很多这样的例子。

比如玩具。

因为太珍惜，所以舍不得玩。但是，这样就会被指责"好不容易买的，为什么不玩"。我们只能反驳"不对，不是这样"。大家常常会有这样产生分歧的时候吧。

还有棒球手套。有的孩子买回来马上就用，但有的孩子就会因为担心把崭新的手套蹭花，怎么也舍不得用。

我想起我的一个朋友，他之前收到了别人送的某样东西，虽然他十分注意，但还是不小心把它蹭上了一道划痕。

就在蹭上这道划痕的同时，他一下子对它产生了感情，像是有了一种"这是属于我的了，那今后就一起经历伤痛，一起前进吧"的觉悟。原来如此啊，我茅塞顿开。

新的东西在第一次受损之前，总还是让人有点没办法把心完全交给它吧。对物品是这样，对人也是一样，这种价值观的摇摆真是有趣。

太无关紧要而没说的事和太重要而说不出口的事

因为太无关紧要而没说的事，因为太重要反而说不出口的事，我希望能用文字表达出来，这么说的话，我现在从事的绘本工作就是这么回事吧，这是我最近的感悟。

这幅画画的是一个糖罐，本身没什么特别的含义。只是我先想到了这句话，然后感觉必须要画张配图。我认为，画好像可以解释一切，又好像什么都解释不了。大概是因为构思这幅画的时候我正好在咖啡馆，眼前就是装糖的罐子，于是就画了一个糖罐吧。

因为太无关紧要而没必要特意说出来的事，和因为太重要反而说不出口的事，在这个世界上有很多。由我找到合适的词语，把它们一个个用文字认真地表达出来，不是很有乐趣吗？我创作绘本，其实就是在做这样的事。

除日常购物、交流的语言之外，还有很多没有用语言表达出来的事物。认为不值得说出来的事和因为心怀顾虑而无法表达的事，很多这样的事物尚未被开拓和诉诸语言。我想，仔细地思考，并找到合适的词语把它们表达出来，这不正是作家的工作吗？而我能用绘本把它们表达出来，真好啊。

在这幅画中，既有文字，也有绘画以及其他的表现形式。把那些没有被表达出来的或被认为没有表达价值的事，通过文字也好，绘画也好，确切地描述出来，这样的工作就属于一种所谓的"表达"吧。

久违的大雪之后，第二天发现了一处没被人踩过的地方时，那种激动的心情就类似于这样的事。

在下是吉竹伸介

刚刚说到"坚持画小漫画的理由"有两个，那么第二个理由是什么呢？原来是"为了让自己高兴起来"。

哇……

1.

我是一个特别爱操心又很容易感到不安的人，对"悲伤的新闻"之类的东西没有抵抗力。就算是听到和自己毫无关系的事情，我也会立刻情绪低落。想象力这东西，真是既有好处又有坏处啊。

2.

因为这种个性，我在社会上常
常困难重重，所以我必须时常
"不停鼓励自己"。

各位旅客，你们之中有哪位
有可以鼓励我的小故事吗？

其实，虽然世界上有很多不如意
的事和悲伤的事，但只要你试着
去寻找，就能发现身边也充满了
无关紧要却有趣的事。"这个世
界也许并没有抛弃你。"我这样
对自己说。

虽然会因为小事而感到失落，
但也会被小事治愈。

如果放着不管，我的情绪就会变得越来越消沉，通过画小漫画不停地鼓励自己，我才终于回到了水平线上。

正

○

负

"想出这么多有意思的事情，你每天都过得很开心吧？"有人这样问过我，但其实正好相反。因为我动不动就会觉得"不行了"，所以必须要一直拼命地去想开心的事情。

啊，所以你才说"开心的时候不画画"喵。

是这样啊。

也就是说，这些小漫画既是"让自己开心的事情的记录"，也是"为了心理健康必须进行的心理复健"。

因为不是为了给别人看才画的，

所以听到有人说"好有趣"的时候，
我真是很惊讶。

7.

所以，就算不做画画的工作了，我也还是离不开这个日程本。

嘿嘿。你看，
感觉挺麻烦的吧？

哎呀，真恶心。

才不是！这个大叔一定是装作一副"我
真的好脆弱"的样子，其实心里正琢磨
着"希望能走运点，变得受欢迎"呢！

8.

好了，在第3章我会变得更紧叨哟。

第 3 章

–

睡前思考的事

什么是工作

在不会做的时候做不会做的事，
这就是工作。

从这篇开始，我要说点稍微深奥的，让大家也会跟着一起思考的话题。首先要讲的是工作。

工作就是在不会做的时候做不会做的事，我觉得这句话听起来完全就是悖论啊。

说起来，这句话经常以"工作就是让自己学会去做不会做的事"这种形式被人提起。

例如，应该有很多作家都把不会做某件事当作自己的一个长处。

也就是说，不会做的事情就让它保持不会的状态，这也是一种保留作家自己天性的做法。想到这里，我就画了这幅画。

不是让自己变得什么都会做，而是想办法把自己不擅长的短处变成长处。不管对谁来说，这样的思考方式都出乎意料地重要。

让自己不会的事情保持不会做的状态，换句话说就是，不去寻找自己没有的，而是努力磨炼自己已经拥有的能力。

就拿我自己来说，因为我不擅长上色，所以之前一直很烦恼，但我把上色的工作交给别人之后，自己就可以专注于其他部分，很多工作就变得顺利多了。

所以，根据我这么多年的经验，不会做的事让它保持不会的状态就好了。

虽然也有人喜欢逐一攻克自己不会做的事，让自己会做的事越来越多，但是，能下决心不去刻意这样做，不会做的事就保持不会，说不定也有持这样立场的人。

如果能用这种思维方式去想问题的话，一定有很多人都会比现在轻松得多吧。什么事都是有平衡点的，虽然我讲的可能有点难懂。

正是因为"不能反抗妻子"，

才一定要做成"其他的事"！

好……（鼓掌）

一定要做成给她看看！

你对我来说越来越不重要了

多亏了你，你对我来说越来越不重要了。
一直以来真的非常感谢你。

多亏了你，你对我来说越来越不重要了。一直以来，真的非常感谢你。

"这句话说的是父母吗？"有人这样问我。

原来还可以这么理解啊。不过我并不是这个意思。

我实际想说的是影响过我的作品。

久违地重温了中学时对我影响很大的作品后，我觉得自己已经不那么需要它了，然后想到了这句话。

多亏了它带给我深刻的影响，我才成了现在的我。那些影响在我内心不断发酵，按照我自己的喜好慢慢转变成了其他形式。

所以，这其实是我对那部作品的感谢。虽然它曾经对我来说意义重大，但也多亏了它，现在的我才成长到不那么需要它了。

但是，这句话说出来之后，确实很像是对父母说的话。也可能是对男朋友、女朋友或者其他思念的人说的。

总之是交往过的人、对自己有过影响的人。

"多亏了你，才让我现在不再需要你。一直以来真的非常感谢你。"

这也算是一种成长的证明吧。

一直以来无比看重的东西，一瞬间变得不再被需要，我们从它们这里毕业了，这样的时刻谁都经历过吧。当你意识到自己不再需要它时，你对它的感情就只剩下了感谢。

我没有明确主语。因为我没有说明"你"到底是什么，你愿意把它想成父母也可以，想成男女朋友也可以。这么一想，我发现我在画画的时候很喜欢用这种模糊主语的手法呢。

幸福就是干脆地去做该做的事

好！
决定了！

　　思考"幸福"这个概念的时候，我得到了这样的结论：其实，干脆地开始做什么、决定什么的瞬间才是最幸福的。

　　"今天吃冷面吧！"就像这样，做决定的一瞬间是最让人兴奋的。

　　所谓幸福，就是干脆地去做该做的事。"好！决定了！"——就像这样。

说起来，我们决定去做某件事之后，尽管也会碰到不顺利的情况，但自己心里大概会有个"这样去做就行了吧"的预期，因此，我觉得，下定决心那一瞬间的心理状态最接近所谓的"幸福"。

那么反过来说，如果你感觉不幸福的话，也许该去做个什么决定试试。哪怕是"今天晚饭我要在外面吃"也可以。"好，今晚就吃中餐了！"这样也可以。

对，什么都没决定的、不知道怎么办才好、感觉这样也可以那样也可以的状态，才是最让人不安的。

对我来说，所谓"年轻"就是这样的状态。

年轻的时候，这样也可以，那样也可以，琢磨着自己今后会不会变成那样，似乎也不是不可能……选项太多的时候，我们可能反而像陷入了一种不幸，因为无论怎样都可以嘛。

如果这样也行，那样也行，就会有一种好像必须要全部做成的感觉，那种无限的可能会让人感到苦闷。至少我是这样的。

随着年龄的增长，我积累了很多经验后，就会认清，这件事现在做不成了，那件事我也做不了。于是我想，既然那些我做不了，那我就只做能做的这些事好了，这个念头可算是救了我。

所以，对我来说，幸福就是强制性地减少选项。这个已经不需要做了，那个也做不了，还有那个也不行吧，就这样去掉很多选项。

当我确定了自己只做这个就行的时候，我感觉无比幸福。

年轻的时候什么都可以做，说有活力也好，有生命力也好，有的人可以把这些转变成动力，但对我来说，这种什么都能做的状态，有太多可能性，反而让我感到恐惧。

你是哪一种人呢？

这种孤独感一定能在什么事上派上用场。

不可能派不上用场的啊。

我都已经这么难受了。

这篇说的也是同一回事，只是和前面那篇的表达方式不同而已。

这种孤独感一定能在什么事上派上用场。不可能派不上用场的啊。我都已经这么难受了。

这其实是我思想里最核心的部分，我相信任何事物都能发挥其作用，这算是我的一种信念吧。

就连不相信很多事情的我，也觉得这种想法有可信之处，真的，没准儿我明天就能想到什么好点子。不管任何事，我觉得最重要的是，可以把自己的想法有效地运用在事情上。如果不行的话，我就会感觉很不自在。

所有的经验应该都可以回收——大概很多人心里都是这么想的吧。可实际上呢？

虽然历经了千辛万苦，但现在想想，结果是好的就好啊——上了年纪以后，很多人都会这么说。

恶毒点说，这只是因为没办法直说自己浪费了二十几年的时光吧。

毕竟还是做了一些事，而所有的经历都会变成自己的一部分。于是，人们认为，这些经历对自己都是有帮助的。

因为我们都希望自己的人生没有被浪费掉啊。

反过来说，我们也是因为不想觉得那些经历没用，更相信吃一堑长一智，所以才下定决心一定要让它们派上用场。在这方面，我的执念可能是一般人的两倍。

对于孤独感也是，我一定要让它在什么事情上派上用场。说得更具体一点，我要把它用在工作上。自卑也好，嫉妒也好，我都要把它们变成钱（笑），我就是有这么一种无可救药的自尊心。

不过话说回来，难受的时候确实还是很难受的，但我不想只留下"我就那样难受了一天"的记忆。就算今天很难过，但我也希望可以像存钱或者攒积分那样，把难过的心情存起来，然后告诉自己"明天我会特别努力的"。

两三个月之后，这些情绪在内心经过发酵，就会转换成新的灵感。就算这些坏心情在当时看起来派不上任何用场，也要相信它们是有用的、有价值的，否则就没办法结束这难过的一天。就是这么一个很简单的道理。

我是个提线木偶。

有哪位好心人能操纵我吗？

我是个提线木偶。有哪位好心人能操纵我吗？这样想的人，其实相当多吧？

至少我自己确实一直以来都是这样想的。

如果有谁能帮我做决定就好了，这样一来，就算失败了也可以说是别人的错。说白了，我就是不想自己负责。但是，如果有谁帮我决定了方向的话，我就会努力去做。

大家有没有越想越难以决定的事呢？

我做一个决定之前，会把所有选项的利弊都罗列一遍，然后分别计算它们的综合得分。然而令人困惑的是，最后每个选项的得分都差不多。于是，我根本没办法靠分数判断，只好听天由命了。

渐渐地，我连决定的勇气都没有了。

就算好不容易做了选择，我还是忍不住一直计算得分。这样一来，我就怎么也没办法下定决心坚持自己的选择。

所以啊，如果有谁可以给我下命令的话，我就可以接受这个选择了。有了"既然那个人都这么说了"的想法做后盾，我就能集中精力去做决定好的事。

听熟识的编辑说，有这种想法的作家其实挺多的，这让我着实吃了一惊。

我妻子就像是我的经纪人，做类似经纪人的工作，这个工作好，那个工作不好，好像都是依据她的喜好决定的。这么一想，原来我和很多作家的想法一样，说不定我是个作家型的人呢。

比如说，我有时会接到给小说配插图的工作。

客户会跟我说："吉竹老师根据自己的感觉，在觉得合适的地方配图就好。"

有些插画家在接到这样的工作之后，就会把小说从头到尾读一遍，然后决定："这里、这里，还有这里我都觉得不错，就在这几个地方配插图吧。"

但我不是这种类型。

我需要对方跟我说得更具体一点，直接告诉我，要在这里、这里，还有这里配上插图。还有，需要对方在一开始打样中就留好配图的位置。

毕竟哪儿都是可以放插图的嘛，既然干的就是画画的工作，那就要做到在哪儿都能配图。

如果跟我说在哪儿都可以的话，那我就只能去琢磨每一页的内容。

全部琢磨一遍，然后再在心里来一轮淘汰赛，确定究竟哪里才是有趣之处。

最后总算确定了，这部分很有趣，而那里比较无聊就不画了，结果就为了画两三处插图，琢磨了上百个地方的内容。这样做的效率实在是太低了。

还不如直接告诉我决定插在哪儿，这样我只要看看那部分的前后文，想出最适合的配图方案就可以了。

给我的选项越少，我反而越有发挥的空间。

像这种类型的人，被限定的条件和问题越多，也许最后完成的质量就越好，因为他们可以集中精力处理"怎样才能满足那种情况""在那种条件下拿不出来的东西要怎么塞进去"这些问题。我自己也是这样的类型，所以请编辑把一切都给我讲清楚，然后我会在他要求的地方放上最合适的插图。

那么，这样的人在工作之余，在日常生活中是什么样呢？

我基本上什么事都让妻子做主。

比如，正式场合的穿着、周末的安排，等等。

经常是她跟我说今天要出门，于是我连目的地都不知道就乖乖上车，握住方向盘准备出发了。

总而言之，我真的很讨厌做决定。

所以，我很不喜欢电视游戏和手机游戏、将棋、扑克之类的东西，因为它们需要我不停地做这局选什么、下局又舍弃什么的抉择。我从中完全感受不到一点乐趣。

比起这些，我更喜欢已经确定好结局的书和电影之类，只需要按一下重播键就行的东西。

总的来说，只要如单行道一样，只有一个方向就好。不管是小说、电影还是电视剧，不管情节多么精彩，都是朝着一个方向发展。中间不会出现分支，也不需要强迫观众做选择。

所以，我讨厌不得不自己决定方向的开车，坐电车感觉就好多了。我特别喜欢行驶在铺设好的轨道上的感觉。

开车唯一让我开心的就是听到导航对我说"前方还需要行驶五公里"的时候。在这五公里中，我什么都不用想，只管往前开就行了。

总之，如果有人跟我说"你自己选吧"，那我实在是没法选。做选择对我来说太难了。

我喜欢我妻子直接跟我说："今天我们吃这个吧。"反之，如果问我"今天想吃什么"，就会让我很困扰。不管给我做什么我都会吃得很香，绝对没有一句怨言。

不管给我什么我都有信心可以开心地享用，因为我喜欢享用别人给予我的东西。

我也基本不和别人吵架，因为对我来说，没有"与对方意见相悖"这一选项。听我这么说，一定有人会问："那

但是即使是坐电车，我也会因为一直纠结"如果坐另一侧的话，是不是能看到更美的风景"而心绪不宁。

么，吉竹先生是和平主义者吧？"不，完全不是。我只是因为不喜欢和别人产生冲突，所以就顺着别人的要求而已。

所以，如果在战场上，长官命令我去杀敌，我应该也会出色地执行长官的命令。

而且，就算之后被追究责任，我也会认为自己只是服从了命令而已。不管做了多么残酷的事，我也会说"那也不是我决定的嘛，我是被人命令的，当时只是在完成自己的工作而已"之类的话，替自己开脱。想到这里我觉得毛骨悚然，但这样的人实际上不在少数吧。战争这东西，就因为这样才可怕。

　　总而言之，我非常适合与喜欢做决定的人在一起。恰好，我妻子就是个非常喜欢自己做决定的人，在这方面我们非常相配。我面对问题时总是稀里糊涂的，重要的事情都交给别人决定，就这样活到了现在。我这个稀里糊涂的人生！

　　我知道肯定会有人说这种活法不好，但我并没有被任何人强迫，我是为了让自己感到自在才选择这样生活的。所以，我完全没有被人摆布的感觉，结婚之后还发现了结婚的有趣之处，有了孩子之后也发现了有孩子的有趣之处。

　　所以，这篇小文想表达的其实是："如果你操纵我的话，我就能为你呈现最棒的表演哦！"就是这样正向的故事。

　　我是个提线木偶。有哪位好心人能操纵我吗？

彩票理论

发生在自己身上的事情，都把它想成"买彩票"不就好了吗？也许它们会变成什么重要的东西呢。

　　自己的所做、所选、所见、所闻，发生在自己身上的事情，都把它想成"买彩票"不就好了吗？也许它们会变成什么重要的东西呢。

　　这幅画的意思是：如果你遇到什么不愉快或者痛苦的事，就把它们当成彩票之类的东西，默默地放在心底吧。

　　在心里多放一阵的话，没准儿那些令人难过的经历就能变成什么呢。

买彩票的人总是说，买彩票不是在乱花钱，而是在买梦想，这就是他们的逻辑。的确如此吧？

因为买的是梦想，所以重要的不是中不中奖，而是当时手里拿着那张彩票。"如果中奖了就要买那个东西、送那个人礼物"，大家都是抱着这样的心情才去花钱买彩票的。

所以，即使没中奖，买彩票的人也不会抱怨，因为他们在买彩票的时候就接受了这样的结果。

如果按照这个思路去想，我们对世界上的一切、对我们的人生是不是就没那么多怨言了呢？因为把人生也当作彩票，即使没中奖也只会觉得"那也是没办法的事嘛"。

人生中也藏着看不到的中奖号码。

我们现在在做的事，也许会变成什么东西，或者在什么事情上起作用。想到自己拥有能够去交换什么的东西，就多少能让人变得有力量吧。虽然无法断言最后的成败，但至少不会两手空空，一定能获得些什么。

"不要一味地沉浸在痛苦中，也许这些痛苦有一天会变成'中奖号码'"，这样一想，是不是很多事情都意外地变得可以忍受了呢？我有时就会这样开导自己。

　　但问题是，不知道这个"彩票"什么时候开奖。不过，谁也不知道会不会哪天自己就突然"中奖"了。

　　觉得自己已经没希望了，但没准儿三十年之后突然"中奖"了呢。这个"彩票"是没有期限的。

　　虽然不知道什么才能说是人生的"大奖"，但我想，有一件事应该差不多有这样的价值，那就是：之后回想起来，觉得并没有浪费自己的人生。

　　那些痛苦的回忆，大概过个十年、二十年，就会变成笑谈了。但是那些昨天发生的不愉快、下周必须要做的讨厌的事，该怎么办呢？这时就需要灌输这套"彩票理论"，应该就能克服它们了。这也是一种看待现实中不愉快的方法。

　　最后意识到，我做的事大概就是这么一回事啊。

选择恐惧症

但是，

怎么办才好呢？

做自己想做的事情

不就好了吗？

人生，大概就是这样的无限循环吧。

但是，怎么办才好呢？做自己想做的事情不就好了吗？但是，怎么办才好呢？做自己想做的事情不就好了吗？但是，怎么办才好呢……

我思前想后也下不了决心的时候，会一直纠结到底该选什么，结果最后还是决定做自己想做的事就好了。不想做的事情就干脆不做，只努力去做有趣的事就行了，这不是理所当然的嘛。

想到这里，我也不禁对自己深表认同，既然我现在可以选择做自己喜欢的事，那就做自己喜欢的事呀，于是瞬间一切变得豁然开朗。

接下来，我要再看一遍这几封还没回复的邮件。但我应该先回哪封好呢？

于是我又开始琢磨，嗯……该怎么办呢？一下又回到了原点。

从年轻的时候起，我就不断地在重复。

不过我觉得，每个人或多或少都会这样吧。

年轻人也一样，不知道怎么才能实现自己的梦想的时候，哪怕心里想："只要把自己喜欢的事变成工作就行了，但明天应该怎么过呢？"还是会陷入这样的循环。

说白了，人生就是这么回事儿，就是在这两头来回跑罢了。

尤其对一般人来说，根本没有什么所谓真正喜欢的事吧。

我们都是因为被别人稍微夸了两句，或者无意间发现自己干得不错，就想当然地认为自己喜欢做某件事。但是我们不知道怎样把它变成自己生活方式的一部分，于是就陷入了苦恼。

那么，我是什么时候想到这些的呢？

我的房间非常乱，是永远也干净不了的那种。

于是我思前想后，终于研究出了一个打扫房间的方法。

只要先把最重要的东西扔出去就行了。这样一来，房间里剩下的，就都是无关紧要的东西了。

虽然大家都知道，只要扔掉不要的东西就能让屋子整洁很多，但我总会因为挑不出来不要的东西而烦恼。

"这个以后没准儿能用上，那个好像也用得着。"纠结了半天，最后什么也没扔，房间还是那么乱。

所以，只要把最重要的东西先扔出去，就会发现："既然都已经把那个扔掉了，那留着这个也没什么意义了吧？"

这样一来，我就可以干脆利落地扔掉不要的东西了。

这样就能把房间打扫干净了吧？我觉得自己这个想法真是太棒了。

"好，那明天按照这个计划实施吧，一定能把房间打扫干净！"我带着这样的信念进入了梦乡。

第二天一早，果然，我又开始思考，什么才是我最重要的东西。

同时我也在想，什么才是最不需要的东西。

因为从最没用的东西开始扔的方法行不通，所以才决定先从最重要的东西开始扔。但是，最重要的东西，我同样挑不出来啊。

于是，我的房间到现在还是那样乱七八糟的。

不乱来

年轻的时候没有乱来过。

现在也不会乱来，以后也不打算乱来。

年轻的时候没有乱来过。现在也不会乱来，以后也不打算乱来。

世界上大部分的人其实都是这样的吧。

我也一样。

正因如此，决定结婚才需要相当大的勇气。决定要结婚的时候，我下意识地想到"如果结了婚，以后就不能乱来了"，但我立刻发觉自己的这种想法很可笑。我不是从来也没乱来过吗？

于是，我就这样稀里糊涂地结了婚。明明就没做过什么出格的事，居然还担心结了婚就不能乱来了。我有时回想起自己当时的这种想法，觉得真是太搞笑了。

发现了越来越多自己不会的事

发现了越来越多自己不会的事，

也许正是自己即将做成什么事的预兆。

"这个我也不会呢。"觉得自己这也不会那也不会的时候，也许是因为你快要做成什么事了。

逐渐认识和理解自己不会的事，这是大人才会有的意识。

发现了越来越多自己不会的事，也许正是自己即将做成什么事的预兆。

电视节目、广播节目里，不知为何总是在说这句话。

有时我根本不知道他们在说什么，还是忍不住跟着瞎起哄："哎哟，所谓男女关系嘛。"

我对"所谓男女关系"这句话产生了兴趣，就想着能不能把它画得好玩一点呢，于是我试着画了一下。

嗯……大概就是这种感觉吧。

其实这句话想说的只有"到底是什么关系呢"这一种意思，但这也许就是日语的有趣之处吧。这种让人似懂非懂的感觉，真是太神奇了。

我很喜欢这种说得不清不楚的话，总是会积极地给予回应。

隐语，真是让人欲罢不能呢。

理解那时候的自己

不管到多少岁，我都希望可以理解那时候的
自己，成为自己的伙伴。

嗯，就是这样。

如果变成那样的话

如果变成那样的话，

只要做符合那种情况的事情就行了。

如果变成那样的话，只要做符合那种情况的事情就行了。这句话背后其实有个很大的主题。

举一个我身边的例子。孩子在运动会前一天一直担心赛跑输了怎么办。这时，我虽然很想告诉孩子："就算得了倒数第一也没关系，倒数第一就倒数第一吧，坦然地接受现实就好了。"但这种话很难说出口，就算说了，孩子也不会理解。

这幅画画的是一个抱着孩子的画面，如果是关于育儿的话题，它会是一篇很有趣的连载文章。但如果画到一半，那个孩子死了呢？那就不可能写成有趣的文章了。

当自己想做的事因为遇到了不可抗力而骤然改变的时候，我该怎么办呢？我时刻对此感到不安。

因为我是爱操心的性格，所以总是会害怕明天可能会发生的事。

于是，我为了说服自己"天天这样担惊受怕也无济于事啊"这种理所当然的事，就画了这幅画。

"如果变成那样的话，到时候我就做自己能做的事，需要什么就做什么就好了。"我这样劝说自己。

虽然说服自己并不容易，但转念一想："生病的时候只要吃对症的药就行了。"心情就会变得轻松一些。

不管是谁，都会对明天的变化感到恐惧，没办法做好心理准备。但就算我们不想面对变化，也改变不了变化终会来临的事实。

我努力思考怎样才能让自己接受这件事，然后得出了这样的结论：如果变成那样的话，只要做符合那种情况的事情就行了。

虽然这个结论实在太过于理所当然，组织语言将它写下来也不过两三行字而已，但想明白这些之后，我确实感觉更轻松了。

体谅别人"做不到"的困难

体谅别人"做不到"的困难。

人的烦恼不就是这么回事吗？

有自己想做的事情，但是又做不成，我们烦恼的大概都是这样的事吧。

如果是自己的事，我们可以琢磨自己怎样才能做到，也可以重新设定自己的目标。

但如果是希望身边的人做到的事，而他们却做不到，怎么才能和对方一起实现目标呢？这才是最难的。

体谅对方"做不到"的困难。人的烦恼不就是这么来的吗？

那些被称为"烦恼"的事，令人烦恼的大部分原因都在于此吧。

有些事自己无论如何都做不到，该怎样自己消化这个现实，这本身就是个难题。

为人父母经常会有这样的感觉，育儿就是这么令人有挫败感的事。

为什么我们家孩子动不动就打人？为什么我们家孩子非要干我绝对不会干的事……家长们整天都在琢磨这些吧。

尽管心里明白，孩子和自己完全不同，但身为父母，还是要没完没了地唠叨。就算孩子根本不听，自己也必须一遍遍地和他们讲道理，这就是"父母的烦恼"。

对自己的父母也是这样，如果他们因为得了老年痴呆症而变得什么都做不好，我们也会抱怨："为什么说了那么多次还是做不好啊。"越是亲近的人，我们越是难以包容他们的错误。

夫妻之间也是，我们总是会想："为什么他/她就不能对我好一点呢？"

说到底，我们的很多烦恼不都是源于这种"为什么你就是做不好"的想法吗？

因此我觉得，人生在世，做到"体谅别人做不到的事"大概才是最困难的吧。

不能随自己心意的别人和不能随自己心意的自己，哪个都很让人头疼呢。

烦躁的时候会加快新陈代谢，

对身体很有好处！！这就是"烦躁健康法"！！

看啊！看啊！可恶！！

9平方米范围内发生的事

如果身边9平方米范围内发生的事，
能用9平方厘米大的纸记录下来的话，
我就满足了。

如果身边9平方米范围内发生的事能用9平方厘米大的纸记录下来的话，我就满足了。

现在的我是这样，如果以后也一直保持这样就好了。

世间的一切都是到让人犯困为止。

像这样的事，我每天都不停地琢磨，我一旦开始犯困，就立马感觉："啊，好困，完蛋了。"

不管是什么事，一旦开始让人犯困，就算是到头了。

所以，归根结底，无论什么事都是"到让人犯困为止"说的就是这么回事儿吧。这么一想，我就觉得轻松多了。睡一宿，也许事情会有所变化呢。

最终，这个世界会不会也变困，开始像汽车一样空转①呢……

---

① 空转指的是机器、仪器等在没有任何负载时的运转状态，会导致机车或汽车等的动轮在轨道上或路面上滑转而不前进。

呼……

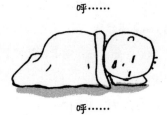

呼……

……明明睡得很香。

但已经到了天亮前就会被尿憋醒的年纪。

　　我写进书里的、表达出来的，真的不过都是些肤浅的内容。所以，接下来就要靠你们自己判断了。但是，我始终在不停地思考，思考怎样才能把这些肤浅的内容表达得更有趣一些。

　　以上内容只是我的建议。

后 记

那么，你们觉得怎么样？有没有
觉得都是些中年男人的借口、歪
理和嘴硬的话什么的？

我自己回头看这些东西的时候，
经常会羞耻到全身缩在一起。

啊……

我居然写了这种东西……

1.

不过，先不说这本书
的内容，"以某种形
式记录下来自己觉得
有趣的事"的方式有
很多，我建议大家都
尝试一下。

写诗

画漫画

录音

用社交媒体

捏橡皮泥

拍照

2.

有趣的是，记录方式不同，
表现出来的有趣的感觉也会
不一样。

可恶……
　　我画不出来
　　那个发型有多好笑啊……

这是"写真派"的活儿啊……

3.

不管用什么方式，一旦开
始记录，就会发现这个世
界上有很多"自己表达不
了的趣事"。

通过这种方式，我发
现我看待别人、看待
自己、看待世界时的
眼光，都更加温柔了。

因为我是"漫画派"，

所以我会在画漫画时
寻找最有趣的事情。

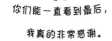

你们能一直看到最后，
我真的非常感谢。

4.

不过，我是不怎么想努力的，
所以大家其实也不必那么努力嘛！

图书在版编目（CIP）数据

想呀想呀想不停：吉竹伸介的灵感笔记／（日）吉
竹伸介著；马文赫译. -- 福州：海峡文艺出版社，
2020.12（2021.3重印）
　　ISBN 978-7-5550-2494-1

Ⅰ.①想… Ⅱ.①吉…②马… Ⅲ.①散文集－日本
－现代 Ⅳ.①I313.65

中国版本图书馆CIP数据核字(2020)第228923号

OMOWAZU KANGAECHAU
By Shinsuke YOSHITAKE
©2019 Shinsuke YOSHITAKE
Original Japanese edition published by SHINCHOSHA Publishing Co., Ltd.
Chinese(in simplified character only) translation rights arranged with
SHINCHOSHA Publishing Co., Ltd. through Bardon-Chinese Media Agency, Taipei.
Simplified Chinese edition copyright©2020 by United Sky (Beijing) New Media Co.,Ltd.
All rights reserved.
著作权合同登记号：图字13-2020-074

想呀想呀想不停：吉竹伸介的灵感笔记

〔日〕吉竹伸介 著；马文赫 译

出　　版：海峡文艺出版社
出 版 人：林玉平
责任编辑：蓝铃松
编辑助理：张琳琳
地　　址：福州市东水路76号14层 邮编350001
电　　话：(0591) 87536797（发行部）
发　　行：未读（天津）文化传媒有限公司

选题策划：联合天际·文艺生活工作室
特约编辑：张雪婷　庞梦莎
装帧设计：刘彭新
美术编辑：程　阁
原书设计：浅妻健司

印　　刷：三河市冀华印务有限公司
经　　销：新华书店
开　　本：787毫米×1092毫米 1/32
印　　张：4.5
字　　数：72千字
版次印次：2020年12月第1版　2021年3月第2次印刷
书　　号：ISBN 978-7-5550-2494-1
定　　价：49.80元

未读
DR

关注未读好书

未读 CLUB
会员服务平台